LIQUIDATION DE L'ANCIENNE LISTE CIVILE
ET DU DOMAINE PRIVÉ

CATALOGUE

DE

PORCELAINES DE SEVRES

GRANDS ; 3 ƒ. ASES

RICHEMENT DÉCORÉS

Jardinières, Coupes, Corbeilles,
Compotiers, Assiettes, Beurriers, Saladiers, Sucriers, Pots à lait,
Théières, Tasses à thé et à café, etc.

BEAUX GROUPES ET FIGURES EN BISCUIT DE SÈVRES

LE TOUT AYANT COMPOSÉ LE

Service spécial du palais de Compiègne

DONT LA VENTE AUX ENCHÈRES PUBLIQUES AURA LIEU

AU PALAIS DU LOUVRE

QUAI DU LOUVRE, PORTE JEAN-GOUJON

Les Lundi 18, Mardi 19, Mercredi 20, Jeudi 21, Vendredi 22
et Samedi 23 Décembre 1871

A DEUX HEURES PRÉCISES

Par le ministère de Mᵉ ESCRIBE, Commissaire-Priseur,
rue de Hanovre, 6,
CHEZ LEQUEL SE DISTRIBUE LE CATALOGUE

EXPOSITION PUBLIQUE

Les Samedi 16 et Dimanche 17 Décembre 1871, de 1 heure à 5 heures.

PARIS — 1871

RENOU ET MAULDE

IMPRIMEURS DE LA COMPAGNIE DES COMMISSAIRES-PRISEURS

Rue de Rivoli, 144

CATALOGUE

DE

PORCELAINES DE SEVRES

GRANDS ET BEAUX VASES

RICHEMENT DÉCORÉS

Jardinières, Coupes, Corbeilles,
Compotiers, Assiettes, Beurriers, Saladiers, Sucriers, Pots à lait,
Théières, Tasses à thé et à café, etc.

BEAUX GROUPES ET FIGURES EN BISCUIT DE SÈVRES

LE TOUT AYANT COMPOSÉ LE

Service spécial du palais de Compiègne

DONT LA VENTE AUX ENCHÈRES PUBLIQUES AURA LIEU

AU PALAIS DU LOUVRE

QUAI DU LOUVRE, PORTE JEAN-GOUJON

Les Lundi 18, Mardi 19, mercredi 20, Jeudi 21, Vendredi 22
et Samedi 23 Décembre 1871

A DEUX HEURES PRÉCISES

Par le ministère de **Me ESCRIBE**, Commissaire-Priseur,
rue de Hanovre, 6,

CHEZ LEQUEL SE DISTRIBUE LE CATALOGUE

EXPOSITION PUBLIQUE

Les Samedi 16 et Dimanche 17 Décembre 1871, de 1 heure à 5 heures.

PARIS — 1871

CONDITIONS DE LA VENTE

Elle sera faite au comptant.

Les Acquéreurs paieront, en sus des adjudications, CINQ CENTIMES PAR FRANC applicables aux frais.

L'Exposition mettant les acquéreurs à même de se rendre compte de l'état des Objets, il ne sera reçu aucune réclamation une fois l'adjudication prononcée.

CATALOGUE

DE

PORCELAINES DE SÈVRES

DÉSIGNATION

1 — Vase forme potiche, décoré de fleurs de digitale, et ornements en blanc en relief, sur fond gris. (Haut. 69 cent.)

2 — Autre Vase forme potiche, décoré d'oiseaux et ornements en relief, sur fond gris changeant. (Haut. 69 cent.)

3 — Deux Vases forme potiche, richement décorés de fleurs et papillons en couleurs et or, sur fond bleu marbré. (Haut. 70 cent.)

4 — Deux autres Vases, forme potiche, décorés de fleurs de pêchers et branchages en blanc en relief, sur fond gris. (Haut. 62 cent.)

5 — Deux Vases forme balustre, décorés de fleurs en couleurs et or, sur fond blanc. (Haut. 51 cent.)

6 — Deux autres Vases, forme balustre, décorés de fleurs et rubans en couleurs sur fond ocre jaune clair. (Haut. 49 cent.)

7 — Une paire de très-beaux Vases, forme potiche, décorés de deux médaillons à décor de fleurs en couleurs, avec encadrements et ornements en or sur fond bleu turquoise. (Haut. 61 cent.)

8 — Grand Vase de forme haute, à anses dorés, décorés d'attributs militaires en or sur fond vert. (Haut. du vase sans les anses, 95 cent.)

9 — Une paire de Vases forme potiche, décor en or et platine, à médaillons de fleurs en couleurs sur fond blanc. (Haut. 60 cent.)

10 — Une paire de Vases forme potiche, décor bleu et or, avec cartouches de papillons, insectes et fleurs en couleurs sur fond blanc. (Haut. 56 cent.)

11 — Une paire de Vases-Amphores mauresques, fond bleu de Perse, décorés d'arabesques rehaussées d'or, sur pieds carrés en bronze doré.

11 *bis* — Un grand Vase-Jardinière, en trois parties, en céladon uni (Hauteur 52 cent.), destiné à être monté.

11 *ter* — Quatre petits Vases, en trois parties, en céladon uni (destinés à être montés). Ce numéro sera divisé.

12 — Une paire de grands Cornets, fond rose à décors de fleurs, oiseaux et attributs champêtres, en couleurs et or. (Haut. 78 cent.)

13 — Une paire de grands Cornets, décorés de bouquets de roses trémières en couleurs sur fond jaune. (Haut. 78 cent.)

14 — Une paire de Cornets décorés de coquillages, capucines et fleurs bleues sur fond blanc. (H. 61 c.)

15 — Une paire de beaux Cornets décorés de médaillons à bonquets de roses, en couleurs sur fond blanc, ornements et fleurs bleues sur fond or. (Haut. 51 cent.)

16 — Une paire de Cornets décorés de plantes diverses, insectes et reptiles en blanc, en relief sur fond gris céladon. (Haut. 62 cent.)

17 — Une autre paire de Cornets décorés de plantes grimpantes en blanc, en relief, sur fond gris céladon. (Haut. 62 cent.)

18 — Grande Jardinière en forme de vasque, sur pied élevé (dite Coupe de Pise), décorée de bouquets de roses en couleurs, et d'un filet or sur fond blanc. (Haut. 65 cent., diam. 76 cent.)

19 — Autre grande Jardinière de même forme, décorée d'ornements et feuillages en bleu et or, sur fond vert céladon. (Haut. 65 cent., diam. 76 c.)

20 — Autre grande Jardinière de même forme, décorée de fleurs, mascarons et ornements en couleurs sur fond noir, pied décoré d'ornements sur fond bleu. (Haut. 62 cent., diam. 72 cent.)

21 — Autre grande Jardinière de même forme, décor or sur fond bleu grand feu. (Haut. 62 cent., diam. 72 cent.)

22 — Autre grande Jardinière de même forme, décor or sur fond bleu lapis. (Haut. 65 ç., diam. 75 c.)

22 *bis* — Quatre grandes Vasques en céladon, décoré en blanc, en relief (destinées à être montées, les pieds manquent)

23 — Deux Coupes plates décorées d'un paysage, ornements en bleu sur fond blanc.

24 — Deux Coupes plates, décorées d'un médaillon genre antique, enfants, montés sur des animaux, décor or sur fond blanc.

25 — Deux Coupes plates, décorées de fleurs en couleurs, ornements en or sur fond blanc.

26 — Deux Coupes plates, fond bleu turquoise, décorées d'un médaillon à buste de femme, ornements en or.

27 — Une Coupe plate, décorée d'un paysage, ornements en or sur fond bleu, demi-grand feu.

28 — Une Coupe plate, décorée de fleurs en couleurs, et ornements en or sur fond blanc.

29 — Deux Coupes plates, décorées de fleurs et papillons, ornements en or, sur fond bleu, demi-grand feu.

30 — Une Coupe décorée de fleurs, sur fond blanc.

31 — Une Coupe, décor en or sur fond bleu.

32 — Deux Coupes, decorées de fleurs et fruits en couleurs, fond blanc et bleu.

33 — Deux Coupes décorées de fleurs et fruits, en couleurs, fond blanc et bleu.

34 — Une Coupe fond bleu lapis, décorée d'une couronne de fleurs et de papillons.

35 — Autre Coupe fond bleu lapis, décorée de fleurs et rubans.

36 — Deux Coupes fond bleu, décorées de fleurs en couleurs et ornements en or.

37 — Une Corbeille à jour, fond blanc, décor en or.

38 — Autre Corbeille à jour, fond rose, décor en or.

39 — Autre Corbeille à jour, fond bleu, décor en or, à trois fleurons à jour et trois fleurons pleins.

40 — Autre Corbeille à jour fond bleu, décor en or, à six fleurons à jour.

41 — Quatre Corbeilles forme coupe, fond bleu grand feu, décor en or. (Ce numéro sera divisé.)

42 — Vingt-quatre Corbeilles triangulaires à galeries à jour, décor or sur fond blanc, avec pieds en bronze doré à guirlandes finement ciselées. (Ce numéro sera divisé.)

43 — Quatre Compotiers de forme antique, à anses, décor or, sur fond bleu, grand feu. (Ce numéro sera divisé.)

44 — Quatre Compotiers fond bleu, grand feu, ornements et frise de lierre en or. (Ce numéro sera divisé.)

45 — Quatre Compotiers, fond bleu, grand feu, à bords blancs, avec petites rosaces pointillées en or. (Ce numéro sera divisé.)

46 — Quatre Compotiers à bords festonnés, fond bleu, grand feu, bords cannetillés et ornements en or. (Ce numéro sera divisé.)

47 — Quatre Compotiers à pieds élevés, bords à rinceaux et décor en or, fond bleu, grand feu. (Ce numéro sera divisé.)

48 — Quatre Plateaux à petits-fours, festonnés, fond bleu, graud feu, bordure cannetillée et décor en or. (Ce numéro sera divisé.)

49 — Quatre Compotiers de forme élevée, fond bleu, grand feu, décor vermiculé en or (Ce numéro sera divisé.)

50 — Quatre Compotiers de forme basse, fond bleu, grand feu, décor et frise à clochettes en or. (Ce numéro sera divisé.)

51 — Six Compotiers à pieds élevés, fond bleu, grand feu, frise à clochettes en or. (Ce lot sera divisé.)

52 — Vingt-quatre Compotiers à bords festonnés, fond bleu, grand feu, à frise clochettes en or. (Ce numéro sera divisé.)

53 — Vingt-quatre Plateaux petits-fours, à pieds festonnés, fond bleu, grand feu, frise en or. (Ce numéro sera divisé.)

54 — Cinq Plateaux à gâteaux, sur pieds ronds, fond bleu, grand feu, à frise clochettes en or. (Ce numéro sera divisé.)

55 — Vingt-quatre Plateaux à pâtisserie, sans pieds, fond bleu, grand feu, frise clochettes en or. (Ce numéro sera divisé.)

56 — Vingt-quatre Coupes à fruits, fond bleu, grand feu, décor en or. (Ce numéro sera divisé.)

57 — Vingt-quatre Guéridons à trois étages, fond bleu, grand feu, décor en or. (Ce numéro sera divisé.)

57 *bis* — Quatre Guéridons à trois étages, fond bleu, grand feu, décor en or, les socles sont décorés d'arceaux en or et de bannières, portant les noms de diverses vertus. (Ce numéro sera divisé.)

57 *ter* — Deux Guéridons à trois étages, fond blanc, décor en or.

58 — Trois cent quatre-vingt-quatre Assiettes à couteau, à bouquets de fleurs en couleurs, bord bleu, grand feu, à frise clochettes en or. (Ce numéro sera divisé.)

59 — Cent quatre-vingt-sept Assiettes à couteau, bordure vermiculée or sur fond bleu, grand feu. (Ce numéro sera divisé.)

60 — Cent trente-deux Assiettes à potage, de même ornementation que les précédentes. (Ce numéro sera divisé.)

61 — Cinquante-neuf Beurriers, fond bleu, grand feu, frise clochettes en or. (Ce numéro sera divisé.)

62 — Six Jattes à lait, de même décor. (Ce numéro sera divisé.)

63 — Cent quatre-vingt-seize Patelles à glace, de même décor. (Ce numéro sera divisé.)

64 — Soixante Pots à crème, avec couvercles de même décor. (Ce numéro sera divisé.)

65 — Six Pots à bouillons de deuxième grandeur, de même décor. (Ce numéro sera divisé.

66 — Douze Saladiers de même décor. (Ce numéro sera divisé.)

67 — Quatorze Sucriers de table, de même décor. (Ce numéro sera divisé.)

68 — Six Théières, de même décor. (Ce numéro sera divisé.)

69 — Vingt-quatre Pots à sucre de première grandeur, de même décor. (Ce numéro sera divisé.)

70 — Douze Pots à sucre de deuxième grandeur, de même décor. (Ce numéro sera divisé.)

71 — Douze Pots à lait de première grandeur, même décor. (Ce numéro sera divisé.)

72 — Douze Pots à lait de deuxième grandeur, de même décor. (Ce numéro sera divisé.)

73 — Douze Tasses à déjeuner, avec soucoupes de même décor. (Ce numéro sera divisé.)

74 — Cent dix Tasses à café, avec soucoupes de même décor. (Ce numéro sera divisé.)

75 — Cent soixante-quinze Tasses à thé, avec soucoupes de même décor. (Ce numéro sera divisé.)

76 — Vingt-huit Plateaux de Corbeilles à fruits, fond céladon, décor en blanc, en relief. (Ce numéro sera divisé.

77 — Dix-sept plateaux de Compotiers, même décor. (Ce numéro sera divisé.

78 — Dix-huit plateaux pour assiettes montées, 1re grandeur, même décor. (Ce numéro sera divisé.)

79 — Sept Plateaux pour assiettes montées, 2e grandeur, même décor. (Ce numéro sera divisé.)

80 — Vingt-trois Plateaux pour assiettes montées, 3e grandeur. (Ce numéro sera divisé.)

81 — Cinq Plateaux pour assiettes montées, 4e grandeur, même décor. (Ce numéro sera divisé.)

82 — Vingt-deux Plateaux pour assiettes montées, 5e grandeur, même décor. (Ce numéro sera divisé.)

83 — Vingt-trois assiettes à petits fours en céladon uni.

SURTOUT DE TABLE

EN BUISCUIT DE SÈVRES

---

84 — Quatre grands et beaux Groupes, Chasse au Cerf, en biscuit de Sèvres, sur socles en porcelaine de Sèvres, fond bleu, grand feu, décor en or. (Ce numéro sera divisé.)

85 — Trois beaux Groupes , Chasse au Sanglier , en biscuit de Sèvres, sur socles en porcelaine de Sèvres, fond bleu, grand feu, décor en or. (Ce numéro sera divisé,)

86 — Trois beaux Groupes, Chasse au Loup, en biscuit de Sèvres, sur socles en porcelaine de Sèvres, fond bleu, grand feu, décor en or. (Ce numéro sera divisé.)

87 — Cinq beaux Groupes, Valets de Chiens, en biscuit de Sèvres, sur socles en porcelaine de Sèvres, fond bleu, grand feu, décor en or. (Ce numéro sera divisé.)

88 — Quatre figures de Piqueurs au cor, en biscuit de Sèvres, sur socles en porcelaine de Sèvres, fond bleu, grand feu, décor en or. (Ce numéro sera divisé.)

89 — Seize figures de Piqueurs au Fusil, en biscuit de Sèvres, sur socles en porcelaine de Sèvres fond bleu, grand fen, décor en or. (Ce numéro sera divisé.)

FAIENCES

90 — Une pièce de surtout, faïence genre Palissy, trois Satyres supportant une vasque chargée d'oiseaux morts.

91 — Autre pièce de surtout, faïence genre Palissy, trois Sirènes supportant une vasque chargée de poissons.

Renou et Maulde, mprimeurs de la Compagnie des Commissaires-Priseurs, rue de Rivoli, 144.   14771

RED. :

20

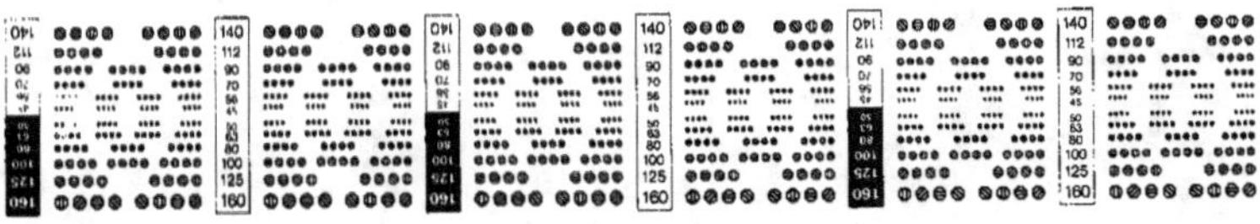

379 89 70
graphicom

0 1 2 3 4 5 6 7 8 9 10